TRABAJOS QUE QUIEREN LOS NIÑOS

¿QUÉ SIGNIFICA SER MAESTRO?

CHRISTINE HONDERS

New York

Published in 2020 by The Rosen Publishing Group, Inc.
29 East 21st Street, New York, NY 10010

Copyright © 2020 by The Rosen Publishing Group, Inc.

All rights reserved. No part of this book may be reproduced in any form without permission in writing from the publisher, except by a reviewer.

First Edition

Translator: Ana María García
Editor, Spanish: Natzi Vilchis
Book Design: Michael Flynn

Photo Credits: Cover, p. 1 Jose Luis Pelaez Inc/DigitalVision/Getty Images; pp. 4, 6, 8, 10, 12, 14, 16, 18, 20, 22 (background) Apostrophe/Shutterstock.com; pp. 5, 9, 15 Monkey Business Images/Shutterstock.com; p. 7 Monashee Frantz/OJP Images/Getty Images; p. 11 skynesher/E+/Getty Images; p. 13 Satyrenko/Shutterstock.com; p. 17 Steve Debenport/E+/Getty Images; p. 19 antoniodiaz/Shutterstock.com; p. 21 stockfour/Shutterstock.com; p. 22 SS1001/Shutterstock.com.

Cataloging-in-Publication Data

Names: Honders, Christine.
Title: ¿Qué significa ser maestro? / Christine Honders.
Description: New York : PowerKids Press, 2020. | Series: Trabajos que quieren los niños | Includes glossary and index.
Identifiers: ISBN 9781725305687 (pbk.) | ISBN 9781725305700 (library bound) | ISBN 9781725305694 (6 pack)
Subjects: LCSH: Teachers—Juvenile literature. | Teaching—Vocational guidance—Juvenile literature.
Classification: LCC LB1775.H66 2020 | DDC 371.10023—dc23

CPSIA Compliance Information: Batch #CSPK19. For Further Information contact Rosen Publishing, New York, New York at 1-800-237-9932.

CONTENIDO

Al frente de la clase 4
¿Quiénes son los maestros? 6
Maestros de escuela primaria. 8
Escuela intermedia y secundaria 10
Maestros fuera del salón de clases . . 12
Maestros de preescolar 14
Educación especial 16
Después de la escuela 18
Enseñar al maestro 20
Marcar la diferencia 22
Glosario. 23
Índice 24
Sitios de Internet. 24

Al frente de la clase

Ves a tu maestro todos los días en la escuela. Organiza sus clases y prepara actividades divertidas. También revisa la tarea y ¡te deja más! Enseñar puede parecer fácil. Pero ¿sabes lo que se necesita para ser maestro?

¿Quiénes son los maestros?

Los maestros son las personas que nos enseñan cosas. Nos explican nuevas ideas y nos dan una buena **formación**. Los maestros se aseguran de que los estudiantes aprendan dándoles tareas para hacer en casa y tomándoles exámenes. Si tienes problemas para entender algo, ellos te dan ayuda adicional.

Maestros de escuela primaria

La escuela elemental o primaria comprende desde *kindergarten* hasta quinto grado. Los maestros de la escuela primaria enseñan muchas **asignaturas** diferentes, como Matemáticas, Lectura, Escritura y Ciencias. También enseñan a los niños cómo estudiar, además de cómo **comunicarse** y llevarse bien con los demás.

Escuela intermedia y secundaria

Los maestros de la escuela intermedia y secundaria enseñan determinadas asignaturas e incluso materias como hábitos de buena salud y **nutrición**. Estimulan a los estudiantes para que sean **independientes**. Los maestros de secundaria ayudan a preparar a los estudiantes para la vida después de la escuela, como asistir a la universidad o cómo aprender un oficio.

Maestros fuera del salón de clases

Recibir una educación es más que aprender a leer y escribir. Los maestros de Música y Arte nos ayudan a ser creativos. Los maestros de Gimnasia ayudan a fortalecer nuestro cuerpo. Los de **tecnología** nos enseñan habilidades informáticas. Otros se centran en cómo desenvolverse en la vida diaria, como por ejemplo, aprender a cocinar, educar a un niño o administrar el dinero.

Maestros de preescolar

Los maestros de preescolar enseñan a los niños de entre tres y cinco años. Les enseñan los números y el abecedario con canciones, dibujos y juegos. Los niños aprenden a compartir y a trabajar juntos. Los maestros de preescolar son muy importantes. Los niños que asisten a preescolar suelen estar más preparados para la escuela primaria.

Educación especial

Los maestros de educación especial trabajan con niños con **discapacidad**. Saben cómo enseñar a los niños con problemas para caminar, hablar o aprender. Elaboran planes que ayudan a los estudiantes que necesitan apoyo adicional para el aprendizaje. Usan recursos y métodos especiales.

Después de la escuela

¡Enseñar puede resultar una labor muy difícil! Los maestros transmiten mucha información en poco tiempo. Algunos niños no pueden seguir el ritmo de sus maestros. Los maestros suelen tener más trabajo después de que termina su día en la clase, ofrecen ayuda adicional después de clases.
A menudo trabajan por las noches y los fines de semana corrigiendo exámenes y preparando sus clases.

Enseñar al maestro

Después de la escuela secundaria, los estudiantes que quieren ser maestros van a la universidad. Algunos estudian asignaturas específicas como matemáticas o ciencias. Los futuros maestros primero deben hacer prácticas con un maestro con experiencia. Luego, deben pasar los exámenes para obtener la **certificación** y, continuar estudiando para mantenerla.

Marcar la diferencia

Los maestros son personas especiales. Les encanta enseñar. Trabajan con niños que necesitan ayuda porque quieren que todos tengan la misma oportunidad de aprender. Si quieres marcar la diferencia en la vida de los jóvenes, ¡conviértete en maestro!

GLOSARIO

asignatura: área de estudio que se centra en aprender un tema determinado.

certificación: documento que confirma que alguien posee formación especial para un tipo de trabajo.

comunicarse: hablar con los demás.

discapacidad: condición que limita lo que una persona puede hacer.

formación: proceso de recibir conocimientos de otros.

independiente: capaz de hacer algo sin ayuda.

nutrición: acto de tomar los alimentos que se necesitan para el crecimiento.

tecnología: uso de la ciencia para resolver problemas.

ÍNDICE

C
ciencias, 8, 20
clase, 4, 18

E
escritura, 8
escuela, 4, 8, 10, 14, 18, 20
estudiante, 6, 10, 16, 20
examen, 6, 18, 20

L
lectura, 8

M
matemáticas, 8, 20

N
niño, 8, 12, 14, 16, 18, 22

S
salón de clase, 12

T
tarea, 4, 6

U
universidad, 10, 20

SITIOS DE INTERNET

Debido a que los enlaces de Internet cambian constantemente, PowerKids Press ha creado una lista de sitios de Internet relacionados con el tema de este libro. Este sitio se actualiza con regularidad. Por favor, utiliza este enlace para acceder a la lista: www.powerkidslinks.com/JKW/teacher